P9-BIR-206

Con mucho agradecimiento hacia Sue Whitney

A los padres

    Los dos leemos es la primera serie de libros diseñada para invitar a padres e hijos a compartir la lectura de un cuento, por turnos y en voz alta. Esta "lectura compartida"—una innovación que se ha desarrollado en conjunto con especialistas en primeras lecturas—invita a los padres a leer los textos más complejos en las páginas a la izquierda. Luego, les toca a los niños leer las páginas a la derecha, que contienen textos más sencillos, escritos específicamente para primeros lectores. El ícono "lee el padre" ☺ precede al texto del adulto, mientras que el ícono "lee el niño" ☺ precede al texto del niño.

    Leer en voz alta es una de las actividades que los padres pueden compartir con sus hijos para ayudarlos a desarrollar la lectura. Sin embargo, *Los dos leemos* no es sólo leerle *a* su niño; sino, leer *con* su niño. *Los dos leemos* es más poderoso y efectivo porque combina dos elementos claves de la enseñanza: "demostración" (el padre lee) y "aplicación" (el niño lee). El resultado no es solamente que el niño aprende a leer más rápido, ¡sino que ambos disfrutan y se enriquecen con esta experiencia!

    Sería más útil si usted lee el libro completo y en voz alta la primera vez, y luego invite a su niño a participar en una segunda lectura. Lo animamos a compartir y relacionarse con su niño mientras leen juntos. Si su hijo tiene dificultad, usted puede mencionar algunas cosas que lo ayuden. Los niños pueden hallar pistas en las palabras, en el contexto de las oraciones, e incluso de las ilustraciones. Algunos cuentos incluyen patrones y rimas que también los ayudarán. Si su niño apenas comienza a leer, le puede sugerir que toque cada palabra con el dedo mientras la va leyendo, de esta forma puede conectar mejor el sonido de la voz con la palabra impresa.

    Al compartir los libros de *Los dos leemos,* usted y su hijo vivirán juntos la fascinante aventura de la lectura. Es una manera divertida y fácil de animar y ayudar a su niño a leer, y una maravillosa manera de que su niño disfrute de la lectura para siempre.

Los dos leemos: Mi día

_____

We Both Read® es una marca registrada de Treasure Bay, Inc.

Publicado por Treasure Bay, Inc.
40 Sir Francis Drake Boulevard
San Anselmo, CA 94960 USA

Impreso en Singapur
Printed in Singapore

Library of Congress Control Number: 2006901315

Cubierta dura (Hardcover)   ISBN-10: 1-891327-75-5
Cubierta dura (Hardcover)   ISBN-13: 978-1-891327-75-9
Cubierta blanda (Paperback) ISBN-10: 1-891327-76-3
Cubierta blanda (Paperback) ISBN-13: 978-1-891327-76-6

Los Dos Leemos™
We Both Read® Books
USA Patente No. 5,957,693

Visítenos en:
www.webothread.com

PR 2-11

LOS DOS LEEMOS™

Mi día

por Sindy McKay

adaptado al español por Yanitzia Canetti

ilustrado por Meredith Johnson

TREASURE BAY

Comienza mi día. Ya suena el reloj.

Mi día comienza con mi amigo el . . .

. . . sol.

—¡Despierta, dormilón! —Mamá me llama—.
Es hora de levantarse y salir de la . . .

. . . cama.

Yo corro a elegir mi ropa y la encuentro al rato.

Luego busco mis medias. Después busco mis . . .

. . . zapatos.

Yo me lavo bien sin ninguna queja.

Y paso mucho tiempo lavándome la . . .

. . . oreja.

Con mi perrito Tomi, corro de aquí para allá.

Corremos a la cocina para abrazar a . . .

 . . . mamá.

Mamá me sirve tostadas después que me abraza.

Y también me sirve jugo en una bonita . . .

. . . taza.

Tomi quiere mis tostadas pero yo no lo encierro.

Mamá le ofrece comida hecha solo para un . . .

 . . . perro.

Mamá me pide que corra. Ya no me puedo tardar.

Yo me apuro y me subo al . . .

. . . autobús escolar.

El autobús escolar hace varias paradas.

La maestra nos saluda y nos recibe en la . . .

. . . entrada.

Ella nos pide que hagamos siempre lo correcto.

También nos lee un cuento sobre un enorme . . .

El insecto enorme

. . . insecto.

Yo dibujo y recorto con María y con Abdul.

Y cuando usamos colores, siempre prefiero el . . .

. . . azul.

Comparto la merienda con un amigo de Cuba.

Yo prefiero la manzana y el prefiere las . . .

. . . uvas.

Regresamos al salón después de un rato.

Aprendemos los números y cómo escribir . . .

gato

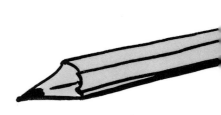

 . . . gato.

Cuando suena la campana, siempre estoy alerto.

Yo abandono mi puesto y corro hacia la . . .

. . . puerta.

El autobús me recoge. Lo maneja Manuel.

En mi casita me espera un trozo de . . .

. . . pastel.

Cuando miro la tele, mi perro a mi lado está.

Y cuando un carro se acerca, yo ya sé que es . . .

. . . papá.

Es hora de la cena. Papá ayuda con destreza.

Él sirve la comida y la lleva hasta la . . .

. . . mesa.

Es hora de bañarme. Papá me espera.

Él abre el agua y llena la . . .

. . . bañera.

El sol ya se oculta. ¡Cuánto lo siento!

Yo me voy a la cama después de leer un . . .

. . . cuento.

Mamá dice adiós y entre sus brazos me acuna.

Mi día termina al fin con mi buena amiga . . .

. . . la luna.

Si te gustó **Mi día**, ¡aquí encontrarás otros dos libros *Los dos leemos*® que también disfrutarás!

Lola tiene que ir a la escuela, ¡pero no encuentra sus zapatos! Todos sus amiguitos insectos bajan del autobús escolar para ayudarla a buscar sus zapatos. Ahora todos los traviesos buscadores están retrasados, han dejado mucho reguero, ¡y han hecho enojar a Mamá Mariquita! Con gran sentido del humor y una situación común, con la que los niños se identificarán enseguida, este libro para lectores primerizos invitará a todos a leer una y otra vez.

Para ver todos los libros *Los dos leemos* disponibles,
visite **www.webothread.com**

Sapi, un pequeño sapito aventurero, está jugando con
sus amigos, cuando de pronto su pelota sale disparada
dando saltos, ¡y va a parar a la casa de un gigante! Los
amigos de Sapi están muy asustados y no se atreven a
entrar para rescatar la pelota, así que Sapi decide
hacerlo. Cuando el gigante lo descubre, Sapi piensa
que se trata de un enorme y terrible gigante, pero se
trata solamente de un niñito amistoso.